공광규(孔光奎, Kong kwangKyu) 시
여린 풀과 벌레와 곤충을 밟지 않으려고 맨발로 산행하는 일상을 소중히 여기며 시를 쓰고 있습니다.
1960년 서울 돈암동에서 태어나 충청남도 청양에서 자랐습니다. 동국대학교 국어국문학과를 졸업하고, 단국대학교 대학원 문예창작학과에서 박사학위를 받았습니다.
1986년 《동서문학》 신인문학상에 당선된 이후 신라문학대상, 윤동주상 문학대상, 동국문학상, 현대불교문학상, 김만중문학상, 고양행주문학상, 디카시작품상, 신석정문학상, 녹색문학상을 받았습니다.
자연 친화적이고 호방한 시 〈담장을 허물다〉는 2013년 시인과 평론가들이 뽑은 가장 좋은 시로 선정되었습니다.
그의 시 〈별국〉, 〈얼굴 반찬〉, 〈소주병〉, 〈별 닦는 나무〉가 중고등 교과에 실려 있으며,
〈별국〉은 2019년 호주 캔버라대학교 부총장 국제 시 작품상(University of Canberra Vice Chancellor's International Poetry Prize) 후보에 오르기도 했습니다.
시집으로 《담장을 허물다》, 《서사시 금강산》, 《서사시 동해》 등과 산문집 《맑은 슬픔》이 있으며,
어린이를 위한 책으로 《성철 스님은 내 친구》, 《마음 동자》, 《윤동주》, 《구름》, 《하늘 그릇》, 《담장을 허물다》, 《할머니의 지청구》, 《엄마 사슴》, 《청양장》, 《별국》 등이 있습니다.

주리(珠利, Julee) 그림
서울예술대학교에서 시각디자인을 공부했습니다. 특유의 감성과 분위기로 마음속에 오래 기억될 수 있는 좋은 그림을 그리고자 늘 힘쓰고 있습니다.
그동안 그린 책으로는 《김용택 시인의 자갈길》, 《한계령을 위한 연가》, 《할머니 집에 가는 길》, 《달팽이 학교》, 《사랑》, 《달려라, 꼬마》, 《코끼리 놀이터》, 《오리 왕자》, 《용감한 리나》, 《흑설공주》, 《유리 구두를 벗어 버린 신데렐라》 등이 있으며,
《여섯 번째 사요코》, 《방과 후》, 《승리보다 소중한 것》, 《모던보이》, 《지독한 장난》 등 다수의 소설 표지 그림을 그렸습니다.
홈페이지 www.by-julee.com

안선재(앤서니 수사, Brother Anthony of Taizé) 번역
영국에서 태어나 옥스퍼드대학교에서 학위를 받고, 1985년부터 서강대학교 영문과 교수로, 현재는 서강대학교 명예교수로 재직하고 있습니다.
1994년에 우리나라로 귀화했으며, 대한민국문학상 번역부문 대상, 대산문학상 번역상, 한국펜클럽 번역상을 수상했고,
2008년 옥관문화훈장을 받았습니다.
고은 시인의 《만인보*Ten Thousand Lives*》와 《화엄경*Little Pilgrim*》 등 30권 이상의 한국 시와 소설의 영문 번역서를 냈습니다.

흰 눈
White Snow

개정1판 1쇄 | 2023년 12월 1일
1판 1쇄 | 2016년 5월 9일
1판 10쇄 | 2021년 4월 20일

시 | 공광규
그림 | 주리
번역 | 안선재(Brother Anthony of Taizé)

펴낸이 | 박현진
펴낸곳 | (주)풀과바람
주소 | 경기도 파주시 회동길 329(서패동, 파주출판도시)
전화 | 031) 955-9655~6
팩스 | 031) 955-9657
출판등록 | 2000년 4월 24일 제20-328호
블로그 | blog.naver.com/grassandwind
이메일 | grassandwind@hanmail.net

편집 | 이영란
디자인 | 박기준
마케팅 | 이승민

값 14,000원
ISBN 978-89-8389-228-7 77810

※ 잘못 만들어진 책은 구입처에서 바꾸어 드립니다.

제품명 흰 눈 | **제조자명** (주)풀과바람 | **제조국명** 대한민국
전화번호 031)955-9655~6 | **주소** 경기도 파주시 회동길 329
제조년월 2023년 12월 1일 | **사용 연령** 4세 이상
KC마크는 이 제품이 공통안전기준에 적합하였음을 의미합니다.

⚠ 주의
어린이가 책 모서리에 다치지 않게 주의하세요.

흰 눈

공광규 시
주리 그림

바우솔

겨울에 다 내리지 못한 눈은

매화나무 가지에 앉고

그래도 남은 눈은

벚나무 가지에 앉는다.

거기에 다 못 앉으면

조팝나무 가지에 앉고

그래도 남은 눈은

이팝나무 가지에 앉는다.

거기에 또 다 못 앉으면

쥐똥나무 울타리나

산딸나무 가지에 앉고

거기에 다 못 앉으면

아까시나무 가지에 앉다가

그래도 남은 눈은

찔레나무 가지에 앉는다.

앉다가

앉다가

더 앉을 곳이 없는 눈은

할머니가 꽃나무 가지인 줄만 알고

성긴 머리 위에

가만가만 앉는다.

White Snow

The snow that could not all fall in winter
settles on the branches of plum trees

Then the snow left over settles on the branches of cherry trees.

Whatever cannot settle there
settles on the branches of spirea bushes

Any still left over settles on the branches of fringe trees.

And any that finds no room there
settles on privet hedges or the branches of dogwood trees

then any left over
settles on the branches of acacias

then any remaining snow settles on the branches of wild rose
briars.

settling, settling,
finally any snow with nowhere to settle

mistakes Grandmother for the branch of a flowering tree
and settles softly on her thin hair.